向死而生

辛星 著

四川文艺出版社

图书在版编目（CIP）数据

向死而生 / 辛星著. — 成都：四川文艺出版社，2019.8（2021.1重印）

ISBN 978-7-5411-5464-5

Ⅰ.①向… Ⅱ.①辛… Ⅲ.①诗集—中国—当代 Ⅳ.①I227

中国版本图书馆CIP数据核字（2019）第141700号

XIANG SI ER SHENG

向死而生

辛星 著

策　　划　朱丽巧
责任编辑　程　川　周　轶
封面设计　赵海月
封面绘图　王梦然
责任校对　段　敏
责任印制　桑　蓉

出版发行　四川文艺出版社（成都市槐树街 2 号）
网　　址　www.scwys.com
电　　话　028-86259287（发行部）　028-86259303（编辑部）
传　　真　028-86259306

邮购地址　成都市槐树街 2 号四川文艺出版社邮购部　610031
排　　版　四川胜翔数码印务设计有限公司
印　　刷　阳谷毕升印务有限公司
成品尺寸　135mm × 210mm　开　本　32 开
印　　张　6　字　数　120 千
版　　次　2019 年 8 月第一版　印　次　2021 年 1 月第二次印刷
书　　号　ISBN 978-7-5411-5464-5
定　　价　52.00 元

版权所有·侵权必究。如有质量问题，请与出版社联系更换。028-86259301

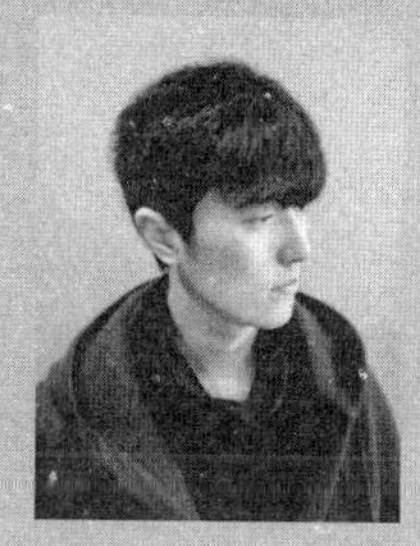

辛星，1990年生于山东青岛。

2017年夏天，毕业于俄罗斯格林卡国立音乐学院［音乐乐器演奏艺术（小提琴）专业硕士，目前在该学院继续攻读音乐教育与表演学、音乐乐器演奏艺术（小提琴）的双博士学位］。

目 录

呈 示 部

向死而生

灰色的悲鸣

展 开 部

异乡人

得到又失去的诗

再 现 部

灰色的悲鸣

向死而生

尾 声

告别

呈示部

向死而生

无人

我是一个连我自己都不了解的人
我是一场关于悖论的闹剧
这意味着概念的瓦解与形成
循环往复：埃特纳火山至今
仍喷吐生命的“混合”的火舌

我在耳中升挂囚笼的布景
不怀好意的口哨声，软趴趴的
不怀好意的口哨声，尖啸刺骨
不怀好意的口哨声
炸开在囚笼布景的上空

两只眼睛只产生同一个视觉
两张裤脚的大嘴剥落
修长紧致的皮肉，独自
追赶牢固巷尾精巧的反射弧

不怀好意的口哨声

衬衫、袖箍

勾串敲打未来的手杖

迫使野狗变了家犬

迫使处女胸口的薄纱无人掀拂

我认得真正的“无人”

他曾递过一支印第安和平烟斗

——我没接——经他的手

我反对“无人的和平”

这一对永久性胜利的阐述

我只是碰巧于耳目中

欠伸的情欲抵达

一个连我自己都不了解的人

一场关于悖论的闹剧

一段“无人”生还到无人生还之间

尚未废弃的旅程

他在废墟之上

尘埃——生命的存在，存在的理所当然
我们从不背叛却始终背叛

尘埃——理所当然的死亡，死亡的生命
我们始终背叛却从未背叛

唯有存在侥幸逃脱，存在般地死去活来
他醒来悲伤得像个孩子，无中生有的孩子

同一个孩子废墟里找同一粒尘埃
他总会找到的，他在废墟之上

生者的信仰

生者
在生者的世界持续死去
多此一举
又无时或缺
扫过低音单薄
羽管键琴上落满灰尘

一记记绵软无力的
拳头
生者率先发难
击中绷紧的萎缩的肌肉
击溃他们的有生之年

向这可怕的力量宣誓效忠?
还是失去一切?
或者两者都不选

而是耐心等待

某个生者已死的反击?

生者没有资格选择

他们对此深信不疑

唯有不肯卑躬屈膝的命运

为杀死生者的信仰

甘心先被他们杀死

归途

密集的鼓点有节制地
撷取
生命临近尾声
无助的切分音
宽宥敌人不堪一击
彰显王者之风

过分压抑的喜悦，往返于
任意毛孔的凯旋门
根据正义不断变换的位置
判断胜利传来的方向

真理的侍者在相反的方向
陆续倒下，归途泥泞
他们亡命天涯的故事
湿润了无数

干裂错置的嘴唇

他们会变的

变得和过去一样

不像现在

为了活生生地死去

为了世界能够更好地

逼迫他们离开

背叛

潜意识背叛我
上演
被一再禁止的
未知情节的荒谬

它原本就是我
而我如今谁都不是

裹着石膏的断臂横切面
自内而外
黏附在时间节外生枝无限的网
打翻阴郁的
冷色光，在我梦的侧脸
离开我却不唤醒我

一切早已注定

我，即荒谬

我试着接受
并习惯潜意识对自己的种种背叛
而潜意识却自以为是地认为：
局面
仍掌控在它与时间合谋
赋予我存在意义的绝望之中

生者的光荣

借助平庸奴役平庸的迫切渴望
生者攻克了刽子手均匀的呼吸
庆祝生命局部复活，流连
风的禁忌解除后的传统仪式

恩泽捷足先登，抵达盲目的尽头
推离生者的轮廓，经过
幻想虚耗过度的洪流
我强忍住呜咽，在感官的
避难所打磨一片空白
封堵没有被血色淹没的唯一出口

一起受刑的被遗弃的骸骨
推倒叹息在远处和自己诞下无果
归还所有化作灰烬的器官
向尚未补全假象的忠诚提出要求

生者晋升为生者的光荣事迹
隐没在时间回心转意身后的堑壕
我捧着殉难的泥土却还是学会了
赋予生者的光荣以形式
并在避开一切倦怠的影子之后
不再与黑暗败露的行迹共赴光明

以我的方式

本就无多的起于猜忌的时日
暴露在匆匆又漫长的一念之间
教我运用自身以外的智慧
断定今晚月光忧愁
而我，愿为这忧愁的月光注写
近乎置若罔闻被预支的诗意
权当海风不再吹离
并听从我，以我的方式留下

“是我太固执
还是人们太懂得变通？”
我总是小心翼翼提问
远多于所能回答
配合去伪的谜案在全思全想的
荒芜之地排演过无数次
遗忘最后几处温存的字眼

吞下“真是抱歉”的善意的谎

而此刻，除了拙劣的言语
什么像样的东西我都没有
噢，不，我还有些打算：
当着一颗心的迟钝换取一生
无人收留的决定远走的口信
借助不惯欢乐的人的朗笑
抵达“无人”耳中珍贵起来

我最好将日期仔细确认
再核对时针与分针——一双跛脚
是否有意在原地铺设时间以内
和时间以外的双重圈套
这样一来，当所有人
心情不错的时候

随便一款样式的硬币的随便一面
都能更好地显示与自身
严重不符的庄重表情

可放眼望去，周围全是像我一样
善变的人，孤立无援的境地
和伟大的品格归放一起
格格不入者受到前所未有的包容
这是获取力量的最佳途径
无须追随，无须思考
自顾自地欣然失去以为拥有的
却未曾片刻拥有过的彼此间的感情

除了拙劣的言语我仍一无所有
或许刚刚还有些打算
像信誓旦旦的下巴结出的根须

深入忧愁的月光中任意一种
可以归结为诱惑本身的
不属于我的天赋
并试图在整个夜晚消失以前
对决意留下的海风致以危险的问候
——以我的方式——我想我做到了

命中注定

如今我不再年少，却惊喜地发现
一位苦苦追寻年少的我的鲁莽诗人
关于后来他的每一次非此不可
都加深了现实的高墙下
棱角分明的影子预感到的悲怆
固执的食指本能地举向天空
比画生命如黄昏般下沉的火山

“命中注定”——他写给我

这命中注定我经历得太晚
仅此而已，不必可惜
它也没有理由过早闯入我空虚匮乏的身体
也许它来过
带着无限的幸福和欢愉，迷惘和忧伤

挑拨敏感的神经滋生爱意
再将它们摧毁一并带走

无言的呐喊
挣脱命运流散的回响
回溯我如何成为我——生命
在那灵魂深处运笔的过程

即使有一天
魔鬼的灵魂终将借据我的心
使我不断崩塌的身体
沦为一副碰巧长成的人的躯壳
——没关系，让我面对它
向镜子里愈发真实的自己深鞠一躬
就像那灵魂也可能是向天使借来的一样

诗人的灵魂是诗人

我的灵魂是我自己

天琴的苦役

过往的人不全都相信预感
就像罹难者的谶语固然值得悼念
可试图索要吝啬以外的东西……
我当然明白，但是抱歉
除非挟持这感觉的不是我自己

不要因此便误解我是狠心之人
我掌握的最高明的手段
不过是假装屈从人质虚张的胆略
作为众多角色中最不起眼的一个
没有更多虚伪的措辞
规劝我的虚伪也能感同身受

这样最好
如此轻佻的信念
造就世代相传的腐坏眼泪

——朝圣者自有朝圣者
倚仗的苦难
我，以我非凡的天赋失明

过往的人讲述临别时的盛宴
裹着饥饿纾解的腹的双手
也来自我——自以为逃脱了
银河中天琴的苦役的少年
品尝决绝在纷乱中窒息
擦磨头骨咯咯在响

而这一次，是生命
在我永不缝合的心上
落下倾颓的好运——那一世星辰

类似今天的日子

当人们窥见自己如何
渴望内心的想法能够被他人
了解的时候，将终于了解那些
孤独的想法和想法中的孤独
就好像今天
或无数类似今天的日子

我活在“今天”里，过去的我
和未来的我只是不停上升下降中
包含了当下的我的同一条路
我走在这条路的中央，即使没有人
拿着卷尺和表盘逐一度量
也依然能感受到两端的距离：
以我为起点，为终点

这样，不论我怎么走

脚步不快也不慢，头顶的云
和耳边海浪翻涌的节奏都恰到好处
除非，我不小心走出了自己
在不属于我的时日里漫游
而这正是我时常要面对的
——在那些非我的日子里
感受过的生活的真实
像梦里一次次坠落
坠落到爱人身旁，她背对着你
任凭你呼唤她的名字

而此刻，距我离开某处
或走向某处已过去相同的时间
我在黎明时分出发，和所有
整装待发的人一样，即将开始
新的生活：那里存有

清晨的每一缕光束，在梦想和现实
跟随无尽的黑夜熄灭以后
永恒温暖着我们的样子

灰色的悲鸣

秘密

她有一只耳朵
另一只被割去了
两只流浪狗发现它
其中一只将它夺走

她有一只眼睛
另一只被挖走了
山洞里的野人来过
举着火把围着它跳舞

她没有嘴
是很久以前的事了
也是至今下落不明的
不属于她的秘密

假的

假的，一切都是假的
真的是假的，且不等于假的
假的是假的，且不为真的假的
最狡猾的存在
光天化日里天真地袒露自己

别去看，它的影子在影子里作祟

我无计可施
要让它知道我无计可施
这不需要什么精湛的演技
不善此道的人唯有真诚
真诚地被欺骗
真诚地本末倒置……

我得坚持下去

我的状态会越来越好

因为我的真诚也是假的

滞后

隆隆呼啸而过
大地空腹

奋起的人头
纵身
一把斧子的细枝末节

滞后
赤手摊开空拳

贝壳翻了个身
吐不出绝望的气泡

她来了

门缝里
空气推着食指向后

扣动
袭击淡漠的——
一对瞳孔

放大或收缩
未发生什么
未发生什么

白色头发抓紧帽檐
掩护逼近的女人的额头

她来了
两只脚一前一后

背景是一堵墙

周五的谎言

我在比邻星
或更远的一颗什么星上
对地球说谎
光替我瞒着四年又四年

等失落的周一听到
安慰周二和礼拜天
周三和周四
专心刻周六的墓

只有周五不为所动
在它的宇宙
擦不着一根火柴
打不响一根指头

在比邻星

或更远的一颗什么星上

周五对我说谎

说我们在同一个宇宙

代替

颠簸，持续颠簸
不介意方式的话
可以被分散的注意力
仍剩余很多
心跳，重复两股力
——有人
不顾一切地抿了嘴
咽了口水

云在很下面
贴紧海的倒刺
加重深蓝的疼痛感
几座孤岛，下沉
沉入城市、森林和沼泽
城市空无一人
森林空无一人

沼泽陷入人群的恐慌

上升，达观的鸣响
窒息着上升
接近不可能的高度
有人代替人群轰然倒下
人群代替他上升
保证倒下的人的安全
而后这样说：
颠簸，下沉
我们本该在一起

那些陌生人都这么说

玻璃上遍布离群的透明脚印
孩子们争先恐后，触碰各自海的腥味
汽笛声一长三短
带头的男孩扯着执拗的嗓子

“他是个勇敢的孩子
还有他和她，他们都是”
别人都这么说，那些陌生人都这么说

汗流浃背的男人
从早到晚专心锯同一根木头
马尾接连泛黄崩断
发出他众多喜欢的音色中的一种
向着天空忧郁的过去
近一步不计后果

“千万别惊扰了他，他和他的灵魂都不好惹”
别人都这么说，那些陌生人都这么说

她的行动明显慢了下来
口齿含混不清，却能说服半聋的耳朵
在为她所用的
那些未曾察觉的时候
老妇人亲手为自己
献上生命有来无往的花圈

“真是遗憾，她竟一个遗憾都没带走”
别人都这么说，那些陌生人都这么说

雨夹雪不过是个幌子
地上什么也没留下
影子习惯性地

在它本该出没的地方

独自隐身

灰色的悲鸣

悲鸣的人群
不肯低声下气
不能歇斯底里
我混杂其中
我们结成可观的队伍

从悲鸣中汲取养分的
不断暗蚀黑白的灰
自称是唯一配得上
这世上所有荣光的颜色

无一例外灰色的荣光
灰色的文森特
灰色的彼得
灰色的路易斯
灰色的

你和我

我真的要极力称赞
不像过去那些伟大的
口是心非的诗人
凭我断不会反复无常
又适得其反
而自始至终无比真挚的
这颗滚烫的心

我的这颗滚烫的心啊
滚烫着烧灼，烧焦
向着悲鸣的天空
升腾起滚滚灰色的浓烟

展开部

异乡人

画像

我带走了我的画像
和花楸树酸涩的果实
钻进饥肠辘辘飞鸟的腹
无所谓哪里降落
——不过是两粒
被遗弃的种子

也烧灼的月光
俯瞰黑暗中的飞翔
飞鸟仰起虚弱的下巴止住喧嚣
体态优美，我倍感晕眩
它还不清楚
我将长成花楸树
像画中的样子，也烧灼
插入头顶冰冷的坑洞

所有不定的时光沉入

夜晚的湖泊，参与一些可能：

我，即将成为这片绿色

与那片绿色间共有的分别

像画中另一粒种子

随意翻动诗人的手

消失在雨天渐起的灰蒙

我的步子很慢，慢到刚好被他们超过
这是未精心安排的一次反超越
不，不止一次
足够天真的话
一天中的神来之笔还有很多

只是急于甩掉无意识的追踪
他们从身后到身边，从身边到身前
从身前再去到什么地方？
没有人回答我

哦……
下雨了

那些一闪而过的新鲜面孔
消失在雨天渐起的灰蒙

连同一体双生的备受瞩目的后脑勺
而不失公允地说
我的也被什么盯住，不随心意

冷雨浇塑这片阴影下四处游移的身形
活的、死的、活生生死着的
不顺从的和担惊受怕的……
撑开浸泡的涡轮，他们有话要说

或许事实不如我想象这般
安于想象的真实
我离得太远，追不上
相距不过一拳也抵过一光年
还是追不上，只能想象
指望雷电激起相似的反应

可惜，宙斯和阿尔戈斯都有弱点
被放大在这样的雨天
我收起裤脚，坍塌的泥脚印
延伸湿滑的过去
往来的人呢？雨天……

我的步子很慢，兴许可以再慢一些
这是意料之中对反超越的超越
不止一次，追上身后的他们
而我放松的一闪而过的侧面
消失在雨天渐起的灰蒙
他们不失公允地，没再盯住我

流亡

不可调和的光线
蘸上指缝间猝不及防
海平面不断升起的蔚蓝
染指悲伤
留在希望眼角的伤疤

我守在年少的必经之处
我与我失之交臂

稀薄的空气呼唤失之交臂的梦
它要我把梦完成
像后来的我，不顾一切

流亡推诿、懦弱、欺妄
掀起孤独波澜的海
摆脱脆弱的风向

淹没在沉默咆哮过后的海雾弥漫

我守在年少的必经之处

历经希望热烈的回响沉入海底

流亡光线消失以前

眼角

甘心为我受过的伤

布道人

布道人奋力攀上
拍了拍拒绝认罪的肩膀
喉咙压低打结
隐忍着
弥赛亚要他说的话

大逆不道的叛徒
氤氲装聋作哑的希望
指尖锋利
划过风中流血的十字

饶恕所有罪
承受所有罪
大逆不道地拯救
海市蜃楼不断后退的眼睛

无辜的不断后退的眼睛

席卷过生命

遗失的最后一片沙漠

从此

布道人抵达的消息

如入无人之境

我和我

过去没有我
如今不是我
未来遗失我

站在我和我之间
站在我和我们之间
总该有人先开口
说些不过分煽情的话

那个人想必是我
我想必不是那个人
没有什么大不了
那个人
没有什么大不了

时间不在意这些

在它习惯独处以前
还会选中一个我
从屋顶上下来

生存

“我需要生存，需要生存很久

“我首先想到食物
所有能想象到的取之不尽的食物
以我喜欢的
和没尝试过的为主

“我需要生存，需要生存很久，更久

“我得有一个安身之所
最好是那种固若金汤的堡垒
关于堡垒外的守护者
中世纪的圣殿骑士团
深藏不露的黑衣男子
或是全副武装的特种部队
都是我认真考虑的对象

“我需要生存，需要生存很久，更久
我的身体蠢蠢欲动

“我需要一个完美爱人
一个我愿与她分享一切的
完美爱人
我们会组建幸福的家庭
拥有自己的孩子，男孩和女孩
堡垒外的守护者同他们游戏
等他们长大一些
儿时的玩伴将护送他们上学
也在他们逛街恋爱时暗中保护
直到他们住进自己富足的堡垒
找到属于他们的完美爱人

“一切都如此美好

让人如此踏实
只是我已慢慢老去
我的完美爱人也是
这是我不愿去想和提起的
即使食物总是新鲜可口
堡垒依然坚固如新……

“我需要生存，需要生存很久，更久
我的身体蠢蠢欲动
我要长生不老！

“科技进步得如此缓慢
愚蠢的科学家，无视我的愤怒
和肆意滋长的白发
快把那不死的灵药给我！
或是抽干某个无所事事的

年轻诗人的细胞和血，换于我！

一个真正热爱生命的人

一个为了生存而生存的人

让我来代替他创造

创造享之不尽的食物

一座座坚固的堡垒

和一代代同样赋有创造力的生命！

…………

“对你说了太多

上班都要迟到了

我可不想单单为了美好的愿望

而让一天的辛苦成为徒劳

“你明白的

我们要先吃饭

食物是最重要的
想办法得到金钱来换取
是实现美好愿望的第一步

“你是个聪明人
聪明人就要像我这样
努力把生活变成自己的囊中物
便不会觉得囊中羞涩了”

我一边默默听着一边用手摸索
我的上衣和裤子都没有口袋

不说话

不说话
我允许我
不说话

灼烧着的舌头
始终退回
陷入牙床的塔

哪都不去
哪都去不了
哪都非去不可

深渊
两个入口的坠落
我在其中一个
漂浮在负责把守的海

正常的疯子

这个正常人
这个疯子
正常地发疯
挑衅不正常的正常人

声嘶力竭的
不正义的挑衅
直扑正义
…………

“起立，脱帽”
在场与未在场的观众

为听说
为见证
为消灭

异乡人

1. 孤儿

攥紧大衣里几个铜板冰冷的温度
雪肆意融化进日渐疲乏的眼睛
流浪的孤儿
哼小时候母亲哼过的歌
假装父亲那般从容，沉默

穿过黑夜与白天的边界
他骗自己说他还可以
鞋破了，袜子破了
他没有停下来的意思

他还有一只手套
仅存的一只深棕色的手套
温暖一只手的同时

捂住一只冻伤的耳朵

想象着冰下水里的波纹
和他隐约听到的心跳声
没有谁能阻挡它们——
生命无休止的流淌的脉搏

他如此告诉自己
并迫不及待地
进入又一个黑夜与白天的边界

什么人曾去过那里
那里也曾去过什么人
他向黎明借来一把火
点燃了那一季的冬天

2. 镜头

镜头里反复出现
血统纯正的一个，一只或一头
——杂种
在持续不断
下雪的第三个日子
吞灭心事重重的蜡烛
点燃自己，擦折两根火柴

不敢随意调动的悲伤
裹挟着巨型侏儒的脚印
他或它往这边来了
大雪的尽头
躺着酩酊的空酒瓶

“生命只有一次”
他或它可能会这么说
也可能不会
结冰的镜头可以做证
也可能不会

远处落单的房子
吐出云雾草拟的檄文
镜头破冰而出
填满一路火光

3. 失乐园

临摹男孩撒手人寰
三十年后那张崭新的

精于世故的脸
每个惴惴不安的表情
附上月光疏离——
一页被撕去的
感人注脚

超现实主义的感人注脚
避免扭捏和做作彼此相认

风甩出一巴掌
加深了半个世纪前
黄昏
在其墓志铭上刻下的一连串
从今往后关于名的仇恨

收留所有无辜囚犯的

失乐园

挂满新的肖像，配取新的名

男人比对着

悲伤被时间甄别的笔触

在世界的另一端

背负下整个余生

为下一次的告别

道歉

4. 他曾是他的孩子

火炉里嗞嗞作响的弥撒

阴郁所剩无几的时辰

一再拖延

孩子醒来时的哭喊

角落里上了年纪的男人
面目苍白
他意识到自己
即将失去独自抱头痛哭的
余地

他将亲吻孩子的额头
再对他说些
两个人都心满意足的话
他是如此幸运
毕竟
他对他可能的不幸还一无所知

男人弯下腰
往火炉里添进一把视死如归的柴火
烧红发烫的脸

在他回身以后黯淡下去
疲倦的背影
低吟着羔羊经
走向摇篮里轻轻摇晃着的
孩子沉沉的呼吸

上了年纪的男人
面目重新变得苍白
他曾是他的孩子
他曾是他的天伦之乐

5. 向日葵向阳而生

总能找到某种诱人的方式
隐瞒离开

伺机施以报复的借口
苦艾酒尚未冲淡
痛饮的异乡人
手里拎着血淋淋的耳朵

“别忘了我”[1]

妓院门口的守卫代为收下
雨夜在圣诞前夕亲手寄出的包裹

人们开始想要了解他
至少
对于了解他这件事
人们表现出前所未有的兴趣

1 《凡·高传》，史蒂文·奈菲、格雷戈里·怀特·史密斯著。

“也许我们
会在路的尽头再次相遇”[1]

死亡的讣告提前发出
悼词誊满谵妄
和臆想过去的，过不去的
各自赶来的路

“我想就这样死去”[2]

向日葵向阳而生
加速了这场注定热烈的枯萎
异乡人躺在提奥怀里

1 《凡·高传》，史蒂文·奈菲、格雷戈里·怀特·史密斯著。
2 同上。

那颗曾狂烈跳动着的心脏

再也经不住一滴

回流的眼泪

得到又失去的诗

小小国国王

身为至高无上的国王
许多事情我仍亲力亲为
每个崭新的早晨
我在小小国里
挥舞锋利无比的宝剑
惩罚那些未经许可
擅自闯入的不速之客
有时我寡不敌众
被巨人们的手掌搓弄着脑袋
哼！我总会想到挣脱的办法
谁看见我的魔法棒了？

瞧那绿白格子的战马
无精打采角落里打着瞌睡
懒洋洋的家伙
是时候打起精神去远征了

我侧身跳上去

望向窗外的敌人喊道：

“朝着红色巨蛋逃走的方向前进吧！

冲啊，追上它！驾，驾……”

钟表记录下这段时光的公里数

光影从地面慢慢移到墙上

在我百宝箱的第三层

藏满秋天不小心遗失的火把

我取出那些珍爱的颜色

塞进鼓鼓囊囊的口袋

等巨人们献上用来和解的晚餐

我便拿出它们作为交换

我从不亏待任何人

这是小小国里的规矩

而我，是小小国至高无上的国王

宁静的夜

听巨人讲巨人世界的童话故事

若有一天你们倦了

要不要也听听我的?

那是有关锋利的宝剑、懒洋洋的战马

红色巨蛋和秋天火把的故事

我愿与你们分享小小国中的一切

假如你们同我一样天真，一样善良

就在刚刚

就在刚刚
后脑勺忙着与枕头亲热的时候
我全程双目紧闭
安抚避之不及的受难者

行走在破冰的沙漠中央
我一头栽进
喷射蓝色火焰的火山
火山的另一头
我漂流在静止的海
看着漫天飞过的尼安德特人的孩子

其中一个
用石斧将海水劈成两半，再两半
如今，我漂流在四分之一片静止的海

孩子们突然消失了
昼夜交替更迭，在每一次眨眼
和每一口呼吸之间

是夜晚在等待白天
也可能事实刚好相反
又或者它们本就无所谓
只是不小心等来多情的傻子……

我在四分之一片静止的海
安抚避之不及的受难者
就在刚刚
后脑勺忙着与枕头亲热的时候

我不会走

光秃秃的墙
一只女人的脚
蚂蚁又搬家

我穿墙而过
数脚跟上的折痕
保护受伤的蚁后

墙穿我而过
脚跟数我眼角的纹
蚁后要我留下

我是墙
长满裂纹
我不会走

适当的距离

在适当的时候
问彼此适当的问题
给予对方适当的回答
留心回答时适当的语气
保持适当的微笑
露出适当的
几又几分之几颗牙齿

怎么那么多“适当”？
有话直说
或只字不提不是更好？
换作是你
又会怎么选？

这些飞来的文字
落在第一张纸上

落在最后一张纸上
层层被胳膊压住
呼吸急促

听得到吗?
我的呼吸急促
手中的笔沙沙替我传话
四处寻你的

它不在支好的画板上
不在蓝白色袜子里
不在翻开的第几页书
甚至不在你微凉的掌心

它是我望向你的距离
在每个适当的最远端

缓缓落笔

得到又失去的诗

你活着
我便活着
你曾愿为我而活
如今我却不配为你
懦弱发起的疾风骤雨
摧毁不可一世的勇气
摧毁我

延伸到你我脚下的陆地
埋葬沿路的钟声
埋葬两个人的祈祷
在地中海心脏
我用左手扶住右手
写关于得到
又失去的诗

一切如我所愿

影印一堆
镌刻奇形怪状文字的纸
你给我看其中一页

奋不顾身的一页
只有光头党的脑门说不
我下达的命令
需要两个人遵守

今年第一股寒流
地中海率先失了声
你要去西伯利亚
一路上都是西伯利亚

一切如我所愿
一切如我所愿

承受痛苦的

不该是颗脆弱的心

没有人再葬身火海

一把大火烧得正旺
眼泪褪干晶莹
留下两行
不过分令人期待的
赞美诗

纵火之人急于逃离现场
被熏黑的嘴唇
纠缠黏附在一起
每一滴唾液
至今念念有词

整个过程
没有人呼喊
没有人救援
没有人再葬身火海

剩下在所难免

无限消弭淡漠的苦涩

在它流淌过的

瞬间黯淡下来的眼睛里

回忆起曾经——

伟大的

无以名状的

别人的

爱情

当雨碎裂而下

雨，及时落下
在弄湿鬓角以前误伤着空气
那里有些许你的样子
试着慢慢讲
试着深化——你和一面
半透明的闪避的镜子

“它为了活着”
你善意地辩解
拖起沉船在花间露水
听人说，露水和雨很像
雨和镜子也十分相似
于是，你执意将镜子打碎
执意收获

雨是尘埃做的石头

是不曾有过的回忆，正在发生

你低估了雨势

试着慢慢讲，试着深化

遭遇半透明的青春的老人

当雨碎裂而下

光的游戏

转身，影子转身
转到我身后
它想走
姿势定格在未散场的游戏

决定草芥命运的
半空中失魂落魄的鞋底
碾过生命的苟延残喘
支撑——两副身体行将倒塌

风解开领口第二颗银扣
触碰奄奄一息的心跳
我双手冰凉
目光温柔

光的游戏

剪去孤独张开的黑色翅膀

千疮百孔的小时看见

光——奋力捂住光明

再现部

灰色的悲鸣

他的碑

做碑的石头
别人弄来的一大块石头
做他的碑
别人做他的碑

碑上刻着四个字：
第一个不为他所有
第二个不为他所没有
第三个满不在乎
第四个表示赞同

四个字连在一起
别人刻在他的碑
立在天地万物之间
立在他头上

他在下面

一个方正盒子里

别人做的

他的方正盒子里

入土为安了

撑伞人

破旧的房子
倚着破旧的伞
昨夜的撑伞人
穿着破旧的衫

破旧的灯
照亮破旧的雨
透过破旧的伞
打湿破旧的衫

扔下破旧的伞
躲进破旧的房子
生起破旧的炉火
烘烤破旧的身体

破旧的窗

挂着破旧的眼泪

撑伞人的眼泪

装着破旧的黎明

遥远的回忆

在遥远的时间以外死去的人
不必担心回归死的孤寂
关于你的一切信息
一切未石沉大海的信息
如今存放在与你同样显眼的位置
供皮仍包着肉
肉仍包着骨头的人前来瞻仰

他们喜欢你的大衣
对你帽子的款式更是赞不绝口
只在谈论你的表情时他们有所保留
——透过闪着光辉的玻璃橱窗的
僵硬的、紧绷的、破碎的表情

从中空的眼睛到鼻孔
再肆意穿行过谦卑的两肋

你早已习惯耐心听取
以一种难以想象的惬意姿势

直到送别了最后一位访客
展馆里最后一盏灯也熄灭
你才如释重负地努力回忆起自己
曾是一具安静自由的尸体

祝福

我讲实话
没有人相信
一定是哪里错了
我羞红了脸

必须及时改正
对
就是现在
不可一错再错

我试着用舌头绕上几个凶险万分的圈
身体僵硬地跟着蜷伸扭动
依照同样的方向
同样的弧线
想象空气的振动如何变得悦耳
声音如何甜美新鲜

精疲力竭之际
人群中爆发出巨大的欢呼声
人们与我握手拥抱
争先恐后

一双强有力的大手将我紧紧攥牢
口中清香环绕毫无保留的祝福
同颤抖着的嘴唇一齐将我包围
…………

美妙的间隙尚存
我认出落在最后的妇人
她奋力冲进人群
又被推出去
她虚弱地掏出一方丝帕
拭去眼角摇摇欲坠的泪水

…………

她又冲了进来

集体口供

褶皱
调试光线反复无常的情绪
坦诚乳房擎起的
一粒痣的褐色
未能充分发育的恐惧

囚禁黑暗泛起的光泽
复活白天里死去的
十颗太阳
十个女儿

十条流产的文身
过多的失血涌入四个声部
全休止符偷走染红的
第五根线上碎裂的宝石

符杆沿铅笔边缘

融化

三十位广场上的游吟艺人

三百、三万……

集体供认不讳

三亿众志成城

并无二致的口供

人的世界

眼下我回到人的世界
感官打开，像刺啦一声
撕裂夏天鼓胀的碳酸饮料
迫切——
四周散延着腥甜的鲜味
许多如我般
退化为人的动物
逃向各自文明
一些微不足道的小事
接纳了我们
比如，几个陌生男女
不很分明的笑容
和他们不久前碰巧征服的新奇迹
摸索进破声尖叫的汽车胎印
为捕获二十一世纪
滞后的官能——提速，提速

创造更多不很分明的亮白骨头：

我们在人的世界为人

一群舔舐着爪牙的

恐龙、袋狮、剑齿虎……

还好，一些微不足道的小事

接纳了我们

许多如我般退化为人的动物

——几个陌生男女

——冲刺

新树和无用之人

新树，在完全的葱郁中
藏好部分生命
任其裸露的部分疯长
成为传统，需要
被尽量打破的常新的传统
为正在死去的自己
为即将落下
不同人物命运的时间、地点
和其中少许无用之人
无须再证明的无用之处
扯坠着的新枝旧叶

裸露的部分更善于隐藏自己
四处延展的阴郁和希望
保持自然可视的状态
同雨后脆弱的空气

塑造并非偶然的理想形象
在一片葱郁之外接纳正午的光线
而严肃的欢愉，目睹
光线直射的危机始终未能解除
新树仍不断在葱郁中学会
轻描淡写——不可能隐藏
却又不暴露真实的自己

被真正藏匿起的同情
不再怀念新树的世界
一段回返的从内部生发的
枯寂跟随历史的湮没而湮没
葱郁是天空下的冷
裹藏更加冰冷的生命体征
由细胞和神经纤维费力拼凑起的
一堆血肉模糊的憧憬

记录每一种传统，包括

无用之人的无用之处

和这棵新树，是如何起了作用

向死而生

失控

平衡，谐和
恰到好处的分寸感
掌管命运之人挥了挥手
星辰闪烁
夜的森林忽暗忽明

“为何命运从不拥抱你？
连幸运轮盘上的末奖
都与你无关？”
雨水狠狠抽打我的脸
斥责，浑身湿透的胆小鬼

可是雨啊
你错怪我了
我只是喜欢失控的感觉
像在冒失的大风天

等待摇摇欲坠的果实

自投罗网的时刻

别在意
朝你投来异样眼光的人
不是因为你真的奇怪
只是你和他们不像
你更像你自己
那些人刚好相反
除了自己
他们谁都了解

借着一切可能的黑暗
他们将你驱逐
在世界之巅审判你
判你有罪

宣读无辜之人末日的言论
是谁的默许？

人们若以爱与正义为名
你必将向爱与正义宣战

通往黎明时分的救赎
供奉戴罪之人迟来的忏悔
高呼作为自由人的人
于他们心底的恐惧施以致命一击

你等待这个时刻
自投罗网的时刻
你是怕死的懦夫
你是向死而生的勇士

摆弄

上去

我要上去

那个男人和女人之间

破绽

可以利用的破绽

我孤注一掷

挤开

…………

我陷入

围剿

无言的屠杀

抵住后背

摆弄挣脱的姿势

摆弄杀戮的姿势

谋杀

眼下满目疮痍
充满毁灭的希望
你从白天撕裂出来
钻入苟且的营生

拉小提琴的人
屋顶上歌颂荒凉
在荒凉之地降落
目睹白天被掏空的腹

几滴鲜血溅到四周
染红风筝和断线
系在腹中的另一端
没有人再爬出来

你抢过提琴

重复单调的三连音

飞快地

飞快地

飞快地

谋杀生命的序曲

走进光天化日

迷雾中
深入似是而非的圈套
很后面的镜子，要我保持清醒
保持对真相一无所知

镰刀被铸成镰刀的形状
潮湿里收割
几朵雾花失散了
我说不清去处

快去追每一朵
原地追每一朵

在无情的光线对它们展开射杀以前
我袒露胸膛
让嶙峋的骨走出来

走进光天化日

一根

一根

死亡的畸形儿

瓦砾
破碎后趋于完整
同死亡交叠，堆砌
在远深于绝望的谷底
和着淤泥
咬合翻新的脚印

不比从前有力的
虚弱踌躇的脚印
踩着离开抻长的脖子
准备再次踏上
独木桥佝偻的脊椎

那些没有被发现的
那些不愿被发现的
彼此忍住的同情

在漫长的等待中
消磨殆尽

希望，一声不吭
这个死亡诞下的畸形儿
暗无天日里生长
长成暗无天日的——光

坦诚

有人向我发问
我回答
不厌其烦地
回答同一个我
不为让提问者满意
只是对方已经开口
而我
不介意讲真话

没有人向我发问
我保持沉默
两片嘴唇相互依偎
经历颤抖
或死一样闪出通往我的
无所谓的缝隙
对我来说都一样

我回答时很认真
像我沉默时一丝不苟
这是失去自由很久
才学会的
不必模仿梦呓自由自在
透过不设防的玻璃
我手捧的那块
听一声响

总会知道一些的
被当作全部的那一些
不接受其余——我说的
本该遗忘的蠢话
不着边际的四目之间
绝顶的聪明脑袋
施展天才

无视我坦诚平凡

将不从挑拣

向死而生——协奏

第一乐章　你没能从冬天回来

隔壁的 G 大调音阶顺利完成第三个来回
我手里还剩一口黢黑干瘪的列巴
冰晶在来时路上起过装点灵魂的作用
窗外一半深夜，一半清晨
点灯照亮外面世界可能探入的目光
两脚的距离与肩同宽
——自由的僵直的雕像
每块指茧的顽固仍非牢不可破
可我不得不承认
尼龙勒痕和若有所思的少女
有意留在左侧脖颈的吻痕一样好看
即便在我经历过的最凛冽的寒冬
粗线手套和厚重的围巾遮掩缠绕住它们
因耐心与不安不停摩擦

而起了胀痛的决绝也不会意识不到
每一天，毫无保留

欲望枯燥的音响也是热爱的一种
撕裂冰封的伏尔加和奥卡
嵌入腐朽的勇气奠基的不归之路
跨越无数音符、八度、时区和信号灯
在四面墙壁目不转睛地注视下
飞快是错误，情绪多余
腱鞘、肌肉、神经、盂唇……
主导我下一个动作
像放弃——不够彻底的惺惺作态
每一次都被拆穿
模仿两个鼻洞和一对瞳孔
结出冰冻的花却忍不住张开的嘴唇

没有秘密可言

伏特加在胸中喷射高于一切的火焰

带来打扰，掺杂不醉人的饮料

在公园的长椅下

在透香的土耳其卷饼店门前

冻僵的理想蜷缩进路人冷漠的眼

只有摇晃的空酒瓶在风雪中滚去滚来

剐蹭瑟瑟发抖的衣角

尝试唤醒白天嗜睡的辛苦：

这辛苦我不曾有，或偶尔有已不再有

伤口只需一口鲜奶，眼泪乳白

“我们都自欺，只是每个人方式各异”[1]

睡梦中惊醒的双手互相搓揉

1 《抒情精神》，路易斯·塞尔努达著。

搓揉我醒来不会失去的记忆
而在注定要失去的那部分里：
四肢挣脱身体，鲜血喷薄着彼此吞噬
心跳挤靠在意识的边缘发出微弱的光
嘴巴被空气撕开，鼻孔拒绝呼吸
耳朵钻进耳朵，双眼迷失在我之前……
生命狂躁的交响逐渐掌控协奏的主动
在连续不断回返的琶音
和突现的大片休止中
我再次丧失手指的灵敏，放纵心知
体验记忆此刻沉默不语的真实

感慨明知不可为而为之如何不幸之人
不懂向死而生的生命
在生成的一刻就已摆脱生的束缚
等待以某种略带遗憾的方式

与死重归于好
那是舒伯特的未完成
莫扎特的安魂曲
霍尔斯特永远无法了解的星之冥王
“因为它不缺少什么
倘若它真缺少了，它缺少的就是一切”[1]
在透支的热情被迫降下幕终帷帘
黯淡下去的烛光依稀尚存之际
我该以怎样的偏见
抑住仅仅忠于内心的嘶喊
像五月的阳光将不可一世的冰雪消融
骗我说，你没能从冬天回来

1 《巴门尼德著作残篇·八》，巴门尼德著。

第二乐章　永夜

春的抵临，犹如一把短小锋利的匕首
刺入毫无防备的冬女洁白的梦
不甘——透明了止封不住的伤口
吻遍大地如何长于遗忘，方才了解
拼尽全力的爱情，会血流不止

“Bravo！”
献给埃内斯库的叙事曲——孤独的无伴奏
那天我献给自己
与时间的玩世不恭角力，听到叫好声
为最后一段连续挣扎着急促上行的和弦
和一再扭曲下去抗争的脸
而我为第一次听到……
在五月第十一个傍晚

极昼很快会出现，代替永夜

进而认清那些儿时似曾相识的场景：

父亲说一颗星在永夜后的白天升起

母亲说那星升起时，她睡着了

后来我才知道，两记冰冷的催促全都失效

我错过那永夜

却再也忘不了一个更美的故事

我开始选择相信的

属于这个故事，属于新的我

过来人的过来寄语还会偶尔影响

迷失在汪洋人心不曾留恋的岸边的少年

扬起金黄的沙

点点模糊的青春热烈了大风天

随风解开的衣袖将满船的星辉

和西边云彩全部带走

浸汗的少女总是体谅我不顾温柔
在故事中创造故事的自我
像不懂勃拉姆斯，却有权泪流满面
直到背后传来巨人的脚步
也像第一次，钢伴奏响老柴的 D 小协前奏
距我一步之遥配合我再一次确信不疑：
一切不可思议，都是现实的一部分
相信马勒，马勒会复活

可除此之外，我又依靠这现实唤起什么？
是无法倒转的时空之外那道虚掩的裂缝？
还是一次次相互安慰在消耗中
还能被称作一对崭新的
希望无意拆散的生命之左右？
只有卑劣的小丑愿意花时间粉饰笑容
我的爱，像春天一样自私

匕首才插进胸口

和许多新生的婴孩一样
我不愿就这样醒来
即使仍对时间被如此深究的困惑
心生敬畏，也该把谎话说得更好
与我清澈的眼睛相称……
而如果有一天，我没能从冬天回来
请保留我全部的音信
为那永夜结束以后——漫长的告别
——我仅存的无限的天真

第三乐章　我之为我

多少次，一切在一切之中破碎

不惜以身犯险的叹息声声入耳
锢紧麻木的双手在虚弱中感受自由
音准、节奏、音色……都无须考虑
空气依旧振动、作响
眼前的男人已不像从前
躲进镜子里的孩子那般愁容不展
神色平静却容易遗忘
遗忘与生俱来灵魂对肉体的掌控
——那些实现不了的
后来由无数钢筋支架搭成的悲挽的歌

墙壁分裂生命的具象，灌入海风
我从另一个世界的另一场寒冬中清醒过来
回到人们称作现实的地方
在虚妄中长成存在于变化之中
不变的我之为我——生命的最初质料

而那终日侵扰我的——“我”的一部分
敏感到配得上世间所有的忧愁
荧火下虚假的幻影微微战栗
与我在暗处重合，归于我
同化万千小时此刻凝结成的一瞬
感受永恒，从未如此接近

“正如所有的人都会把降在自己身上的
痛苦当成最大的痛苦那样”[1]
管风琴奏出古老而神圣的意大利曲调
和无法抽离于现实的对奉献的热烈渴望
久久徘徊在皮斯托琉斯身后紧闭的
不可侵犯的纯粹世界，逼迫两个男人
目光交汇一处，透射彼此心灵的黯淡

1 《荒原狼》，赫尔曼·黑塞著。

直到那微弱却无比清晰的声音
——非此不可的呼唤
在触手可及的选择
与被选择的遥遥无望之间
将不曾学过拜火的那一个
从受困于内心以外的一切形态中脱解出来
经过火的艺术——被允许的生活的荒原
不作停留（还会再次经过）

生命的又一张脸，以看似偶然的方式
泄露自然或不自然的表情
漫无目的，却早已命名我们
即将经验到的一切
我们无法选择何时、何地、以何种方式
凭借何种面貌去向何种世界
先于自由的自由的丧失

不该继续在仅仅懂得索取的
欲望之中得到弥补和满足
牢固几种模式、几条捷径、几处出口
视它们为生命的全部信仰苦苦哀求……

摧毁不同于我们自身的命运
分辨出唯一的那一个
而等待我们的究竟是什么，已经不重要
走向乔文达和他珍爱的朋友？
还是说，我也有一部大赋格要独自完成？
不协和导向协和前孤注一掷的叛逃
任凭最原始的力量刺伤耳膜
当离调后那些晦涩难解的风芯
吹过手中用力撑开的纸张
——空白——布满星河
干枯的草会将潮湿的草一齐点燃

你——同我的两张面孔

无法达成的目标才是我的目标，迂回曲折的路才是我想走的路，而每次的歇息，总是带来新的向往。等走过更多迂回曲折的路，等无数的美梦成真后，我才明白其中的真义。

所有极端与对立都告消失之处，即是涅槃。我所向往、渴慕的那颗星，依然在我心中熠熠闪烁。

——黑塞

如果再一次丢失了你
我将远行
去向很远的地方
去向任意一处无法被称作
此处的地方，贴紧你
永恒的体温遍流全部身体

即刻又冷却下来
永恒地冷却下来

而我，流浪之人
守护也摧毁这一切
我的身体渴望平静
疲于寻找归宿
可率先找到它的
却是永无宁日的心灵
漂泊在渴望平静的身体
渴望平静的身体
在漂泊的心灵中安息

没有什么能够捕捉
能够束手就擒，两张面孔
错立近乎共同的理想

翻动睡熟的恐慌侧向
久违的安全感
放任时间
在时间的截点
延宕对折后星的告解

两张倦乏的面孔同归于你
你是唯一束缚，唯一脱解
所有等待觉醒的梦
和所有丧生梦中的觉醒
这是我能坦诚相告的
流浪在前的人已然走远
而在丢失你以前
我仍将赶在每个不能加以
确认的时分抵达此处
为我，为你

尾声

告别

我欠身经过

我欠身经过
像往常，一如既往
呼吸
姗姗来迟的
白色精灵

六边形的幸运
终于点缀我
全部的身体
轻盈的色彩触碰
我的心
一阵轻微的颤抖
随它同来同去

温度、味道、声音……
有关记忆

前进着倒退
一场冷过一场
道别的喜悦
偏偏不等我

它说好不辜负
它不停落下来

我欠身经过
像往常，一如既往
吞下好似无意
一口天真的冰凉
竟忘了
我对冬天过敏

美丽的灾祸

过分的美好
不全都带来灾祸
你伸手推着我
深入
坦诚表面的窟窿
那里星空潦倒
唯有叹息声从容坠落
雾帘下
怂恿潮汐
在不安中礼成

你在转瞬即逝的光影
模仿转瞬即逝的永恒
而我
作为你永恒的客人
就要离开

如释重负地

模仿明天坏透的好人

和世上所有

幸存的

美丽的灾祸

生命，如果你在听……

理想主义者
——胸怀怎样的勇气实现？
悲观主义者
——拥抱怎样的希望生活？

对幸福一知半解
感受到的苦难才不致太坏
可这种幸运终究
太不幸
躺在众多个自己怀里
重温世世代代
人们未曾做过的好梦

真正的现实
被人们的欲望塑造
再回过头来重塑造物者

真正的希望

被人们的欲望驱赶

留下褪去重重铅色的

白纸

我不塑造什么

也不被什么所驱赶

只是此刻

诗歌恰好被吟唱

我恰好活着

生命，如果你在听……

让我无束的爱

在你眼中免受责罚

为世上多一个幸福的傻子

少一位可怜的诗人

安慰，这一天

逃出形式赋予道德美感的
无数个昨天
放纵徒劳的眼泪
从生命干涸的眼中落下
一场酸涩的雨

我等待这一天已经很久
像离群的乌鸦已经注意到的
不比很久更久
不曾提前降临

痉挛的彩虹躲进云里
描绘背离天空逃亡的路线
我刚好来到这一天
渴望在风中得到些许安慰

可惜，天上无风，地上无风
只有微垂的嘴角上我的固执
一如既往安慰我

我在这一天，理所当然的这一天
打发我的天真和愤怒
累了就合上眼睛
明天还会如期醒来

没有秘密的人

我透露的秘密越多
就越像是个没有秘密的人
任何一片漫无目的的针叶
都割划我，留下伤口
在远处和风静止的地方
无迹可寻

野草在那里丛生
打搅着湖水表面泛开的
类似轮回的东西：
一块石头的奇想和哀伤
凝望我，抛离我
渐渐沉入夜的星火

我在星火深处舒展自己
以致完全倒下……那里和风静止

松软的泥土为重塑

一个我而吞没我

它知道，我就要是个

没有秘密的人了，就要是我了

黑羽

他从未想过滥用
与生俱来的可怕权利
哪怕只是为了折断
乌鸦身上
一根本该由脆弱延展开的
枯枝
扯下的黑羽

分辨不出敌意的
目光
肆意穿过网格状的阴影
成为苍茫的大地本身

妄自追赶的人
掠过信誓旦旦的沼泽
伺机潜入

黑羽此刻落下来

同混浊的空气纠缠

面无惧色的人

悄悄被他带走

剩下的

徘徊在沼泽边缘的大多数

一起簇拥着，欣赏他

不小心掉落的羽毛

告别

每一块肌肉
每一寸骨骼
每一根血管
饱食着的每一滴血
都不属于我的身体
在其各自习惯的位置上
不属于我的身体

我的身体也不属于我
我不会说
在别人习惯的眼里
我的身体也不属于我
而是假如说
这感觉还是我的

这感觉还是我的吗?

是我在向我提问吗?

我可以回答我吗?

都不要说

都不要说

让这首诗自生自灭

不属于我的身体

支配不属于我的手

撑开

不属于我的嘴郑重宣布:

我就是我的诗

不属于任何一首

也不属于我

这样

我便可以最后一次带上我

来告别我自己

完成，未完成

每一首诗的完成
都是令人悲伤的
它开始不再属于我
更像是出自某个与我情投意合
又极尽相似之人的手笔

我目睹这一过程
像目睹蜿蜒崎岖的生命
走向终结，走向完成
仿佛从未发生过的
回忆里
某个别人的一生

放任遗憾取而代之
也最好是这样
没有遗憾的遗憾的生命

会让我们两个都泣不成声

没有人能将遗憾带走
遗憾也不再追随任何人
它终将追随它自己，完成它自己
生命因此只走向了终结
与最终的完成之间
留下无法填补的豁口

那是遗憾完成而生命未完成的形状
存在于每一首被称作诗的——
生命抬高了嗓音（我抬高了嗓音）
却欲言又止忍住的喃呢

你的名字

当初听到你名字的时候
我没有惊慌失措
没有欣喜若狂
只是安静地没有节制地
遗忘
字与字之间
关于你的偶然关联

或许我听到了什么（如果人们相信我的话）
在后来时间
东张西望凝结成的遗憾里
你无所畏惧的欢笑
从生命中流溢
比磊落更加磊落
比光明更加光明

你是纯粹在遥远过去诞下的
永恒的婴儿
天真地出现在每一片
荒芜的生命之境
你爱上这荒芜
你渴望留下
而代价
仅仅是成为这荒芜的一部分

你轻而易举做到
并取而代之
不再回避
人们赋予你的荒唐的仪式感
他们自以为认出你的样子
却窥见内心
与日俱增的恐惧

即便如此

你仍从中感受到某种敬意

——无知、贪婪、虚伪的

阿谀——一切

无关生命自身的真谛

人们开罪你无辜的影子（你就是你的影子）

你的来历

变得不可诉说

何必在乎呢朋友

总有真心诚意的老实人

渴望亲近你

像你亲近所有人那样

我就是其中一个

生命带我来

而只有你

愿意陪伴我离开

这才是你应有的样子
真实到骗过所有人
他们始终无法了解
生命存在的
每一个微不足道的时刻
都因你
曾经一闪而过的名字
才意义非凡
…………

多年以后
彼此疏离的云
漂流过岁月销声匿迹
而我将在陌生的星辰

拥有你完整的名字

并迫不及待地

开口问你

带着我来时的善意

后记

去年夏天，由于右肩肩袖与右肩关节盂唇撕裂，在俄罗斯完成了最后一场音乐会以后，我没有像以往那样继续透支自己，而是老老实实放下手上的一切，于 2018 年 9 月回国接受治疗。

诗集《向死而生》便是在这一时期孕育完成，收录了我于 2018 年 10 月至 2019 年 5 月期间创作的部分作品。在此，我将尽量省略有关诗歌具体内容的讨论，而仅就其结构上的安排进行简要说明。

奏鸣曲式，可以简单理解为是由名为“呈示部”“展开部”和“再现部”三个部分组成的大型曲式结构（在呈示部前常有被称为“引子”的序奏，在再现部后常加入“尾声”作为结束）[1]。诗集《向死而生》中依次出现的四个部分（呈示部、

1 奏鸣曲式中，呈示部肩负着提出整个乐章主题的重任（通常会有两个主题：主部主题和副部主题，相互对比，以达到更好的戏剧效果）；展开部是呈示部主题的再发展（也可引入新的主题，称为“插部”）；再现部是对呈示部主题的“再一次重现”；各部分间的衔接或转换对音乐在情感上的缓和或激化、思想上的抽离或统一起着决定性的影响。

展开部、再现部和尾声，省去引子）与奏鸣曲式中各个部分一一对应。

明确以奏鸣曲式（从音乐向诗歌转化后的）为整本诗集的主要结构以后，我开始进一步寻找能够承载这种结构的合适载体。在众多使用奏鸣曲式的音乐体裁中，交响诗[1]最终成为我心目中的理想对象（因其在构思上往往具有统一的故事性与哲思性）。如此，原本纷乱无序的诗篇被逐步规整统一起来，并帮助我以回归诗歌的方式，讲述《向死而生》。

作为对已经成型的作品在整体结构上的一种新的尝试，诗与诗之间的关联，或许无法像音乐中不同乐句间的衔接或转换那般紧密和充满流动性，但在重新排列组合它们的过程中，我仍发现并梳理出某些能够激发其内部思想的最原始的冲动——“我之为我”的成因，进而有机会坦白自己，重新认识“我”。而在这一层面上的收获，于我而言，甚至已超出对于创作本身的满足。

有关具体细节的构思和设想我不再一一赘述（这毕竟不

1　交响诗，一种具有标题性的交响音乐体裁，常采用单乐章中的奏鸣曲式，糅合了诗歌、绘画、戏剧等不同艺术形式的表现手法，并将它们融入到音乐的起承转合之中，意图取得彼此间的相互支撑、相互诠释、相互完善的理想效果。

是一篇探讨诗歌如何从音乐中汲取灵感的学术论文）。只想说，对生命而言，向死是必然的过程，而生是可能的结局，对这些长期生长在我（我们）体内，却不断受其外界环境影响的原动力自身所有可能的诠释，我更希望留给读者，也留给我自己。

诺瓦利斯说，命运和性格乃思想之名。而我，不介意从此颠沛流离。

辛星

2019 年 5 月